NICOLAS LALAYENTZ

LA JUSTICE

DANS LA VIE

I

RÉFLEXIONS GÉNÉRALES

TRADUIT, PAR L'AUTEUR, DU MANUSCRIT ARMÉNIEN

PARIS

IMPRIMERIE PAUL DUPONT

4, RUE DU BOULOI, 4

1896

NICOLAS LALAYENTZ

LA JUSTICE

DANS LA VIE

—

I

RÉFLEXIONS GÉNÉRALES

—

TRADUIT, PAR L'AUTEUR, DU MANUSCRIT ARMÉNIEN

—

PARIS

IMPRIMERIE PAUL DUPONT

4, RUE DU BOULOI, 4

—

1896

LA JUSTICE

DANS LA VIE

I.

Dès les premiers jours de son existence, l'humanité s'efforce d'améliorer son état. Cette aspiration a été toujours, sinon le seul, au moins le principal but de toute son activité ; par conséquent sa situation actuelle devrait être d'une perfection capable de justifier le travail physique et intellectuel de plusieurs dizaines de siècles.

En quoi consiste cette perfection?

On a inventé deux sciences spéciales : l'hygiène et la médecine, avec leur arsenal de médicaments, pour rendre le corps humain faible, maladif, énervé, et pour réduire la durée moyenne de la vie à une trentaine d'années, quand les anciens n'en comptaient pas moins d'une centaine.

On a fondé des États avec leurs volumes de lois et leurs légions de fonctionnaires, mais le crime et la chicane ne font qu'augmenter, en prenant des aspects de plus en plus odieux.

On a créé le droit international, mais le monde civilisé s'est transformé en une vaste caserne, les peuples s'écrasent sous le poids du militarisme pour se livrer de temps à autre à des guerres sanglantes avec des centaines de mille de tués et encore plus de blessés.

Les grandes idées, nées des supplices humains, et saluées avec tant de douces espérances par les générations contemporaines, sont en train de dégénérer en parodies.

En voyant tout cela, on se demande, quelle est la raison, quelle est la force qui paralyse tous les efforts humains pour atteindre au bien-être désiré ?

Quoiqu'on n'ait pas jusqu'à présent expliqué la nature de cette force, l'imagination de l'homme en a été frappée depuis longtemps. Les plus anciennes mémoires de la pensée humaine en portent la marque : le Dieu Siva de la trinité bramique, Ahriman de la religion des anciens Perses, Typhon chez les Égyptiens, le satan chez les chrétiens, sont les incarnations symboliques de ce génie du mal, contre lequel l'esprit humain mène une lutte inégale depuis les siècles.

Les philosophes de différentes époques se sont occupés de recherches sur son origine. Ils ont constaté que, sauf les cas où le mal est provoqué par les forces de la nature ou par le hasard, sa source principale se trouve dans l'homme même ; quelques-uns d'eux croyaient que c'étaient les passions : la colère, la vengeance, la vanité, la cupidité, la jalousie, etc,; par conséquent, ils prêchaient d'en étouffer toute apparition, de tuer peu à peu la chair. La réalisation complète de leur idéal serait l'extermination de la race humaine.

L'opinion moderne et la plus répandue tient pour cause du mal la lutte pour l'existence, d'après laquelle les faibles doivent être dévorés par les forts, qui deviennent, à leur tour, la proie des plus forts.

Si vous voulez vous faire une idée claire de cette théorie,

jetez dans un flacon deux phalangues (1) ; la lutte commence immédiatement et ne cesse que quand d'un de ces odieux insectes il ne reste que les quatre dents (les mâchoires). Si jamais se réalise l'idéal de l'humanité, guidée par le droit du fort, alors sur tout le globe de la terre il ne restera que deux personnes, dont une finira par manger l'autre.

Comme on voit, les deux théories mènent au même but défi-nitif, mais par différents chemins : la première, par la bonne volonté de l'homme, la seconde, par l'arrêt irrévocable de la nature. La première, c'est le suicide de la race humaine, la seconde, son inévitable destruction mutuelle.

En laissant de côté la première doctrine recommandée par des moralistes qui ne tiennent pas beaucoup à ce que l'homme existe toujours, nous tâcherons de prouver que la seconde représente une faute grossière, malgré son origine scienti-fique.

L'analyse la plus minutieuse ne laisse pas de doutes que l'existence du mal, provoqué par l'homme, n'est qu'un malen-tendu, et le génie du mal, adoré par les anciens comme un dieu méchant, et redouté de nos jours comme une fatalité inévitable, n'est pas autre chose que la *myopie* de l'homme.

II.

Ceux qui croient que l'homme doit être dirigé par la théorie du fort, comme les animaux, sont en une erreur grave, ne prenant pas en considération un facteur, dont l'animal est privé. Ce facteur, c'est *la raison*. Une des apparitions de la raison, c'est l'idée de la *solidarité*, qu'on peut déterminer par

(1) Une arachnide plus dangereuse que le scorpion, de l'espèce des mygales.

la formule suivante : « *Chacun pour tous, et tous pour chacun.* »
Elle est le trait le plus caractéristique, par lequel une société
humaine diffère d'un tas d'animaux. Elle est la conséquenct
directe et immédiate de l'*instinct de se conserver*, également
naturel à tous les êtres vivants, qui ne dépasse pas cependant
chez les animaux les moyens individuels ; si le tas de chevaux
s'assemble quelquefois en voyant le loup, c'est parce que chacun
d'eux se sent menacé immédiatement, à l'instant même ; mais
si le loup parvient à abattre l'un d'eux, les autres prendront la
fuite, et pas un ne se mettra à aider son compagnon, pour que
celui-ci ou un autre lui aide la nuit suivante. Il faut pour ça le
discernement, dont l'animal n'est pas doué.

La solidarité, c'est une arme vigoureuse dans les mains de
la société pour défendre chacun de ses membres contre le mal,
mais il faut qu'elle sache la manière de s'en servir pour ne pas
oppresser l'individu au lieu de le protéger. La garantie contre
une pareille erreur, c'est la *justice*.

La *justice*, c'est une idée qui a la même valeur pour les rela-
tions entre les gens, que l'*équilibre* pour la disposition réci-
proque des matières. Ell'э établit pour chacun le cercle, où il
peut appliquer librement ses forces, et hors duquel il gêne
l'activité des autres, viole leur droit. Non seulement elle
assure à chacun des membres de la société la possibilité de
tendre au bien-être au fur et à mesure de ses forces, mais le
niveau moyen du bien-être général devient de plus en plus
élevé, à mesure que la *justice admise* d'une société s'approche
de la justice absolue, comme le produit des deux parts inégales
d'un chiffre augmente à mesure que la différence entre elles
diminue, et le maximum est obtenu en multipliant les deux
moitiés.

Depuis un temps immémorial, les réflexes de l'idée de la
justice sont éveillés dans le cœur humain, en donnant l'ori-

gine des *sentiments de la justice*, c'est-à-dire des exigences involontaires dont l'ensemble fait la *conscience*. Que les sentiments sont capables de devenir plus forts ou plus faibles, même de disparaître tout à fait, on peut en voir la preuve de nos jours, en se demandant comment auraient été traités certains cas par nos ancêtres, et comment nous les traitons, nous autres ! Selon la nature de ce changement, c'est-à-dire qu'il se fait vers le mieux ou vers le pire, on dit d'une société qu'elle *régénère* ou *dégénère*.

III

Le principe de la justice est très simple : « *Ne fais pas aux autres ce que tu ne veux pas que les autres te fassent.* » Mais la solution des problèmes compliqués de la vie d'après ce principe n'est pas toujours si facile. Dès le jour où les gens ont éprouvé le besoin de la vie commune, ils ont tâché de réaliser ce principe dans la vie le plus largement et le plus exactement possible. La preuve, c'est le perfectionnement graduel de la forme du gouvernement et des codes des lois.

Mais les instituts et les lois marquent le niveau extérieur de la justice ; pour en apprécier la véritable hauteur, il faut savoir jusqu'à quel point chacun en *sent* la nécessité ou en *comprend* l'importance.

Pour rester sur un sol tout à fait positif, j'admets que l'homme n'a aucun sentiment ; que le seul guide de son activité, c'est l'égoïsme. Voyons jusqu'à quel point il peut se servir du mal comme d'un moyen pour arriver à un bien-être personnel.

Pour que l'homme puisse avoir quelque profit du mal, il faut qu'il soit le seul à le commettre. Dès qu'il se trouve un concurrent, il est obligé d'en partager les bénéfices. Quand les concurrents sont plusieurs, alors non seulement il n'a aucun intérêt, mais il subit des pertes, car l'abaissement du niveau de la justice est suivi toujours par une diminution du bien-être général, dont souffre tout le monde, et lui-même y compris. J'expliquerai ma pensée par un exemple.

Nous sommes dans le monde préhistorique ; chacun vit pour soi. Il se forme un groupe de dix personnes, qui pille, tue les autres. Ce groupe perd la moitié de sa force, dès qu'il s'en forme un pareil, et devient tout à fait impuissant, dès que toute la société se divise en pareils groupes. Il n'en résulte que des dommages pour tous, car chacun est obligé de faire quelques sacrifices, ne serait-ce qu'en limitant sa liberté personnelle. Mais cette perte pourrait se changer en véritable danger pour le premier groupe, si le second réunissait vingt personnes au lieu de dix.

Prenez quel crime vous voudrez ; l'un ment, l'autre vole, le troisième corrompt, le quatrième espionne, le cinquième tue, le sixième empoisonne, etc. Tout ce monde perdrait ses avantages, si ses crimes prenaient une diffusion générale, c'est-à-dire si toute la société se composait des menteurs, des voleurs, des corrupteurs, des espions, des assassins, des empoisonneurs, etc. L'équilibre serait rétabli de nouveau, avec la différence que la vie dans une telle société aurait été infiniment plus désagréable, sinon insupportable, sans aucun avantage pour les particuliers. Le mal agit, dans ce cas-là, comme une maladie contagieuse, qui se répand bientôt en une épidémie, également dangereuse pour tout le monde, et, entre autres pour le malfaiteur qui l'aurait vaccinée le premier à sa victime pour s'en débarrasser.

On voit déjà que cette manière primitive de se défendre contre le mal finit par le rendre désavantageux pour son auteur, mais l'idée de la solidarité a dicté d'autres moyens, qui frappent le malfaiteur sans faire tort aux autres. Ils sont de deux différents genres : les uns sont les mesures de précautions pour empêcher le mal directement, les autres sont les mesures pénales, pour lui enlever tout attrait, en le rendant dangereux.

Ces mesures ne sont pas d'une force absolue, car il n'y a pas moyen de défendre quelqu'un contre un assassin qui le tuerait avec l'intention d'être pendu deux heures après ; mais elles auraient garanti suffisamment la société, s'il n'y avait pas la possibilité d'éviter le châtiment. C'est cette possibilité qui assure au mal un avantage plus ou moins prolongé.

IV

C'est une grande erreur de supposer que la sécurité de la société dépend de la perfection et de la rigueur des lois. Les lois, même les meilleures du monde, n'agissent pas toutes seules, comme la machine la plus parfaite ne se met pas en marche sans l'initiative de l'homme. Les moyens dont la société dispose pour se défendre contre le mal, non seulement ne lui serviraient à rien, mais ils pourraient devenir une arme dangereuse contre elle, si chacun de ses membres n'avait pas une connaissance nette de la nécessité de la justice. Si le sergent de ville aidait le malfaiteur à s'évader, si le témoin mentait, si l'expert donnait un faux compte rendu de son examen, si le juge tournait le sens des articles des lois, si l'avocat entrait en une entente secrète avec son adversaire, si le reporter inventait des discours imaginaires, chacun de ces abus rendrait l'état de l'individu dans une société pareille plus dangereux que parmi les cannibales.

La situation devient de jour en jour plus grave, vu les

aspects plus en plus fins que prend le mal ; si bien que, dans certains cas, les fonctionnaires d'Etat, même en étant très consciencieux, ne pourraient rien faire, s'ils n'avaient pas la capacité et l'énergie indispensables.

Enfin, la dernière métamorphose du mal, c'est la forme odieuse, pour laquelle n'existe ni lois ni punition. Il est vrai qu'elle est calculée sur la naïveté de la société, mais elle ne devient pas pour ça moins réelle. Les crimes de ce genre sont les souffrances morales, causées par la calomnie derrière le dos ou par les accusations anonymes et sous-entendues. Dans ce cas-là, la défense appartient entièrement et exclusivement à la société.

Peut-être le lecteur se demandera pourquoi le mal se développe plus vite que les moyens de l'empêcher, quand pour ces derniers travaillent les meilleures forces de la société ? Pour expliquer cette énigme, je rappelle au lecteur la fable du renard et de la tortue ; quand le renard, après avoir parcouru une certaine distance, se retourna pour voir son adversaire lent, la tortue l'avait déjà dépassé : elle s'était accrochée à la queue du renard.

Le mal ne fleurit pas sur les branches du talent ; il n'a jamais compté dans ses rangs les Hercule, les Shakespeare, les Raphaël, les Pasteur, etc., qui se sont distingués, au contraire, par leur caractère élevé. Le plus souvent possible, le malfaiteur est une platitude ou une médiocrité qui a de l'esprit juste assez pour pouvoir se servir, avec un petit changement, du même moyen qu'on invente pour le frapper. Ainsi, l'esprit humain, après avoir inventé par un travail de longues années la machine à vapeur, parvient facilement, à l'aide d'un petit arrangement, à s'en servir pour reculer au lieu d'avancer.

Pour apprécier le véritable degré de la sécurité de l'individu dans une société, il faut savoir combien de ses membres sont persuadés que c'est dans leur intérêt personnel de ne pas faire du mal et d'empêcher d'en faire aux autres. Si cette connaissance est générale, alors la tâche de chacun est très facile. Au contraire, plus il y a de coupables ou d'indifférents, plus elle pèse sur les épaules des autres. Une certaine proportion dépassée, le maintien de l'équilibre sera impossible et la destruction de la société commencera avant qu'elle puisse s'en apercevoir. En lisant la longue liste des suicidés, des noyés, des asphyxiés, des disparus, des morts à la suite des différentes maladies ou subitement, personne ne pensera, certes, à se demander ce que raconteraient plusieurs de ces morts, s'ils pouvaient revenir pour un instant seulement en ce monde. Même si l'idée de cette question leur venait, cela ne les avancerait pas à grand'chose, car les meilleurs moyens pour découvrir le crime ne serviraient à rien, la volonté de l'exécuteur étant suspecte. Nous ne parlons pas des victimes des tortures morales, qui ne pourraient pas eux-mêmes dire au juste quel est le nombre d'années qu'on leur enlève de la vie en l'empoisonnant de jour en jour.

V

Si le lecteur se présente toute l'importance de la justice et de la solidarité — l'une comme guide, l'autre comme moyen — pour arriver à son bien-être personnel, il peut faire la remarque suivante : puisque les conséquences du mal frappent tout le monde également, alors celui qui s'en sert a tout de même un avantage contre celui qui se montre trop scrupuleux ; il est vrai que la société fait tout son possible pour annuler ces avantages par des mesures pénales, mais il s'agit justement des cas où l'on peut échapper à ces mesures.

Oui, cet avantage existe, et celui qui ne veut pas en profiter fait un sacrifice. C'est la raison qui rend le mal plus contagieux que toutes les maladies épidémiques. Mais si l'on examine l'affaire plus attentivement, on verra que c'est un avantage captieux. Si la conséquence définitive du mal s'effectuait plus vite, c'est-à-dire si elle était à la portée de la clairvoyance de chacun, alors la question ne serait pas même soulevée. Quand la digue est percée et la ville en danger d'être inondée par les flots de la mer, chacun se précipite pour réparer la brèche, sans faire attention si le voisin en fait autant ; tandis qu'un marais, qu'on devrait dessécher par un travail commun, resterait là bien longtemps, pour empoisonner l'air de cette même ville, si tout le monde ne se mettait pas à la fois au travail. Les conséquences dans le second cas sont plus graves pour les habitants de la ville, puisqu'elles détruisent leur santé, mais elles ont l'avantage de se produire petit à petit et demandent un espace de quelques années pour aboutir à un dénouement fatal.

La durée et la valeur des avantages apparents du mal dépendent de la hauteur intellectuelle de la société. Elles seraient presque nulles dans une société où chacun représenterait par ses convictions un obstacle infranchissable pour toute injustice et, au contraire, elles donneraient au malfaiteur une supériorité presque réelle dans un milieu qui se serait abaissé jusqu'au niveau d'un troupeau de moutons, qui continuent à manger leur herbe quand on les assassine un à un ou par petit groupe.

Hors de cette dernière condition, tout avantage de l'injustice est imaginaire.

Mais il n'y a pas de danger que l'homme puisse s'hébéter jusqu'à un tel point ; si la justice et la solidarité lui font défaut, il lui reste toujours la manière primitive de la défense — celle d'imiter le malfaiteur, par laquelle celui-ci est, en tout cas, frappé tôt ou tard.

Il faut que l'individu ne soit pas lié avec l'avenir, ni par un intérêt de groupe (national, religieux, politique, etc.), ni par une liaison de postérité, ni par l'espoir d'une vie plus ou moins durable pour pouvoir dire :

« Avant que le contre-coup de mon injustice parvienne à me frapper indirectement, je ne serai plus de ce monde. Mes jours sont comptés et après moi le déluge. »

Tout autre personne qui aurait quelque intérêt pour l'avenir, non seulement ne s'arrêterait pas devant ce *sacrifice passif*, mais n'hésiterait pas à agir de toute sa force contre l'injustice, en considérant ce *sacrifice actif* comme une perte illusoire, que lui ou les siens doivent gagner avantageusement, même en partageant ce gain avec tout le monde.

La seule raison qui pourrait justifier une modération de la générosité dans ce cas, c'est le risque d'un désastre incontestablement périlleux. Le moyen, pour déterminer cette limite, c'est d'imaginer être soi-même à la place de la victime de l'injustice. On doit se permettre cet *arrêt* avec le même calcul, avec lequel on se décide à autopsier le doigt pour épargner le bras, ou à se faire amputer le pied pour sauver la vie, sachant bien que ni le doigt, ni le pied, une fois perdus, ne repousseront plus.

VI

Pour quelqu'un qui aurait déjà arrêté son programme d'agir contre toute injustice, il ne resterait qu'une seule difficulté à surmonter, c'est de savoir chaque fois, quand les opinions sont contradictoires, en quoi consiste l'injustice ! Les erreurs naturelles seraient un demi-malheur si elles ne s'aggravaient pas malicieusement. Les avantages d'esprit et d'éducation, secondés par l'éloquence de métier, seraient bien souvent en état de détourner le bons sens de la majorité, s'ils n'étaient pas équilibrés par des forces égales, disposées à soutenir la justice, soit pour elle-même, soit pour les intérêts opposés aux autres.

Pour que les masses soient plus ou moins à l'abri des abus, il faut que chaque individu s'habitue à réfléchir, tant qu'il peut, à accueillir avec une critique personnelle tout ce qu'il apprend. La méfiance n'est pas un défaut, tant qu'elle ne dépasse pas la limite où l'on pourrait faire le moindre tort à quelqu'un.

Le second moyen, plus simple et plus sûr, ce sont les principes qui doivent servir de compas à chacun pour vérifier ses décisions et sa conduite. Ils ne sont que les éléments du principe éternel de la justice, mais ces éléments ont besoin d'être élaborés pour chaque époque d'après les obstacles qui se dressent devant la clairvoyance des masses pour leur cacher la vérité.

Puisque l'appui essentiel de la justice et de la solidarité doit être la conviction intérieure de chacun, qu'elles sont nécessaires pour son bien-être personnel ou de ceux qui lui sont chers, alors, non seulement toute violence, mais même tout engagement n'avancerait à rien. Le seul moyen pour leur développement, c'est d'expliquer aux autres quand on est persuadé soi même. Les exemples, dans ce cas-là, ont une double valeur : celle de la preuve pour ceux qui ignorent et celle de l'encouragement pour ceux qui hésitent en se croyant seuls.

On ne peut pas avoir en même temps différentes échelles pour la justice ; si elle change pour un cas, elle change pour tous les autres, comme la lame d'un couteau ne peut pas être plus tranchante pour un objet que pour l'autre ; une fois émoussée, elle le reste jusqu'à ce qu'elle soit de nouveau aiguisée.

Tout exemple d'abnégation, tout sacrifice désintéressé pour une cause juste agissent comme un courant d'air salutaire, en haussant le niveau moral du milieu où ils se produisent ; par contre, tout acte de violence, même couronné par le succès, produit une démoralisation plus ou moins forte, selon son extension.

Le but de ces réflexions générales était de prouver que l'injustice, interdite par les religions au nom de Dieu, repoussée par la conscience instinctivement, est également condamnée par la logique de l'existence et du bien-être humains. Dans les brochures suivantes, je tâcherai de développer ce thème principal conformément aux différentes questions qui agitent en ce moment-ci le monde civilisé.